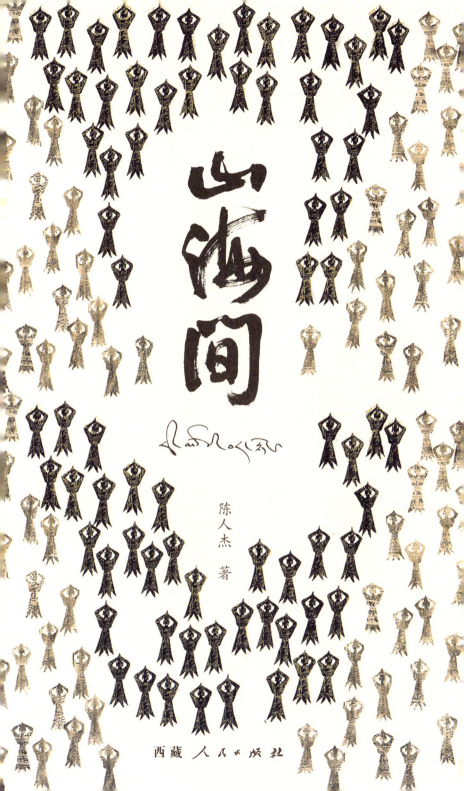

山海间

陈人杰 著

西藏人民出版社

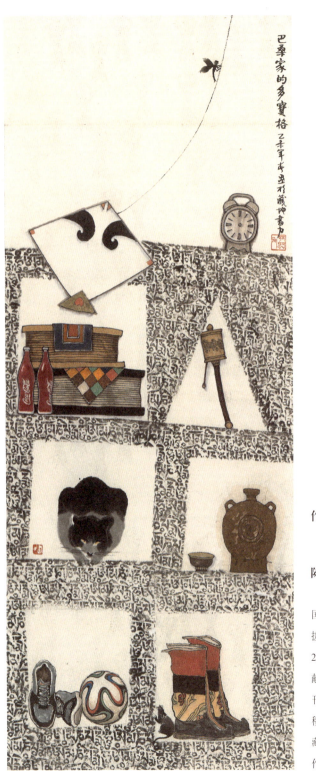

作者介绍

陈人杰

1968 年出生，浙江天台人。□□
国作家协会会员。始居杭州，三□
援藏干部，之后调藏工作。被□□
2014 年度中国全面小康十大杰□□
献人物。曾获徐志摩诗歌奖、《□
刊》青年诗人奖、中国长诗奖、□
穆朗玛文学艺术奖等奖项。诗集《□
藏书》入围第七届鲁迅文学奖□□
作品。

——献给妻子徐颖蕾、女儿陈一天、儿子陈在今

有两样东西，越是经常而持久地思考它们，就越是会在心灵中注入新的和持续增长的敬仰和敬畏：它们就是我头顶的星空和我心中的道德法则。

——伊曼努尔·康德

目录

跋

外面的世界 王海勇

故乡之上还有故乡

——致余光中

千年了，一个词飘浮在月光中

河流呼喊

抬头低头都是两岸

淘不尽的叹息

"亚细亚大漠，一峰连夜兼程的骆驼"[1]

鼓我原乡之旅，供星辰倾听

圣火接大光明

冰峰，剥取慈母针线

格桑花多像春天的胎记

总能在牛羊的赠品中，喊我乳名

荒野如额，桑烟似眉

与雪豹为伍，却得到另一种慈悲

---

[1] 为昌耀诗句——作者注。本书
所有注释均为作者注。

亿万年沉默，只因我为一棵树喊疼

高原红，极地与海浪接吻

紫外线弹拨江南丝竹

万物因你而来，没有谁不是我的爱人

飞得再高再远，飞不出你的眼眸

你是我脐带带出的名字

籍贯上，沉淀的月光

但只有西藏被唤作故乡，故乡之上还有故乡

卷一
世界屋脊的瓦片下

——用水中苍穹拥抱天空，诗如雪崩

月亮邮戳

玉麦，九户人家的小镇

扎日神山下、隆子、卓嘎、央宗姐妹

九户人家，九支谣曲

九个良宵，九座雪峰是快乐的孩子

大经轮叶片转动

九个星座是感恩的泉涌

春风吹开雪莲花的时候

我给你写信

信封像雪一样白

上面盖着月亮的邮戳

秘境

南迦巴瓦朝人间张望

雅鲁藏布为大海洋分泌胆汁

白天鹅带来雪

晚归的豹子让夕阳迟疑

怒江去了云南，一条鱼留在那曲

吼声、深壑、幽暗鱼鳞

都是秘境

扎加藏布[1]，央金笑着，小腹隆起

高原上多汁的人儿

比大地更清楚水系的甜蜜

卷一 世界屋脊的瓦片下

---

[1] 扎加藏布：西藏最大内流河，发源于唐
古拉山岗盖拉西南的现代冰川末端，流
经申扎县境内，注入色林措。

冻红的石头

高原并不寂寞

世界上，不存在真正荒凉的地方

孤独，只是人感到孤独

一天夜里，我看到星星闪烁的高处

雪峰在聚会

又有一次，我从那曲回来

看见旷野里的石头冻得通红

像孩童的脸。而另一些石头黑得像铁

像老去的父亲

它们散落在高原上，安然在

地老天荒的沉默中

从不需要人类那样的语言

卓玛拉山 [1]

多吉帕姆女神的微笑里

藏着人世的甜蜜

你如信了幻觉，也要相信其中的幸福

走在苍山的斜坡上

迷魅和母性是爱的两面

山路如脐带，从落叶中跑来的孩子

仿佛已在秋天转世

何去何从

我为那走失的小羊在哭泣

你为在公路上撞死的阿爸在哭泣

我们在哭泣

在高高的雪原上

在低低的人世间

[1] 卓玛拉山，在墨脱，山上仁青崩寺传说
是多吉帕姆女神化身中心"肚脐"的所
在地，是众多佛教信徒向往的圣地。

树桩

树桩的截面上长出了新枝

砍伐过后，沉默曾长久捍卫过这里

日子坚硬，但一粒嫩芽撬开了它

也把朝圣者心中的孤独推动

世界在弥合它裂开的部分

在逝去事物的根柢上

寻找逻辑，滴着绿血

岗巴

藏西南，高原上的高山

金丝黄贡菊，尤野、冷凝的庇护

弹性的乳房

雀姆亚青，父山；雀姆雍青，母山

干城章嘉，是远走锡金的子山

蓝天上娇嗔欲滴的雪乳

供晚归的岗巴羊吸吮，娇醋半边雪域银轮

云

云在天上也站不住

石头总能落地生根

多少年了，有人想给云一个怀抱

有人想给石头一个家

——所有开始过的

都不曾结束

多少年了，云影从石头上滑过

石头被压进心底

火

血液的火，在体内创造河床
燃烧的余生，被火的流水搬运
告别岁月里融化的冰

光芒在遥不可及处汹涌
把黑白相间的日子化作金色矿藏
西藏，金之华，星眸
一颗舍利，在火焰的足尖上修行

沙棘

将盐碱地酿成红果园
教一只小蜜蜂采蜜

笨拙地啜饮
甜蜜就是蛊惑、伤害
而一株植物迷狂于爱的时候
让荆棘发出低低的吼声

石头在吃草

石头在天上吃草

草，要吃掉石头剩在人间的山脊

申扎的早晨是光线的神殿

一群牦牛来到草场

来到神留下的大厅里

喊疼的树

相对于无知

我们又知道什么

在羌塘，冰雪推敲着那些新栽的树

一次我经过

看见西风中喊疼的树

像浪子，被故乡那巨大的吊瓶维系

而它的身旁，是草

耸着覆霜的肩膀，在憔悴、消退

这世界，生存需要勇气

理想也许另有脾气

真理根本用不着氧气

稀薄难求，为星辰辩护

矮脚牦牛

纵使狼群有温柔的舌头

你向死而生

为鼓作皮，献出了雷声

纵使狼群有怜悯的舌头

你向生而死

倔强的尖角戳破夕阳的血

苏醒的残肢在月光下炼制还魂

你仍活在自己的音阶上

活在脊椎骨统领的霹雳上

高原震动，你的一声声回响

让狼群惶恐

陈塘沟

穿越飞雪，便是陈塘

桃花也知苦寒来

比江南更解春意的渴望

沟壑，大山的小嘴唇

吊着秦腔，心事渐生辽阔

鸿鹄，安知博大

需一段比朋曲河谷更幽暗的低回？

贸易风从尼泊尔吹来廓尔喀弯刀

松月，锋刃上的眼眸

到子夜，释放万古一念之凉意

唯夏尔巴人额上星光

九眼温泉

九龙回日之垂泪，沐我于心

——人间几许幸福，词语白云之上

吉隆沟

我的眼睛明亮

因为此刻黄昏也明亮起来

吉隆沟，一道冰凉水墨

青藏之光从穹隆之顶倾泻而下

圣象湖，珠峰玉笔

一颗颗倒映似钻的名字

万千条朝着光明奔赴的幻影

飞驰的萤火洪流

嘎玛沟

掌握同一时间的钟点

也掌握着天空深处的白昼

而黄昏，像嘎玛沟早已降临的命运

高的、低的

一个人的脑袋不知脚下

等待已久的夜晚都在脚下

群山逶迤，古道深邃

提前进入黑暗的人

有权抓住思想中的闪电

雍则绿措[1]

我指给你天上星

你指给我水中倒影

星辰分开，若有所指

从我们已经抽回的指尖

[1]雍则绿措，位于仁布县德吉林乡，被信
众视为可以"观相的神湖"。以往班禅
灵童转世，也按惯例到这里观湖。

譬如朝露

早晨，隐居在光线中的圣殿

朝露，黎明的银耳环

一头母牦牛，热吻这片刻温存

雪山涌出，星月隐没

你又在碧空下

多少泪水源于自身

我的左眼看不见右眼

梦回羌塘

凝视的，倾听的

只有岩浆理解岩原沉默

路，像一个低音

在特提斯古海的雪峰岛屿

弹拨天涯倦客

离开了你，我多么忧伤

忧伤又卑微

因为你，词语如星座

生命藤萝化作通天火柱

鹰的马匹

将大山脉旋得吱吱作响

草

我是我潦草的人生

有冰雪、卑微的眷顾

所有的山脉引领着小草的方向

小的闪电接通心脏

相对于粗枝大叶的人间

我喜欢无助地摇晃

爬上过古老的星空，知道

伟大的软肋在哪里

我的一生很短，但痛苦更动人

横断山脉

落叶无边

澜沧江已然深秋

将所有的落叶和深秋

合在一起

是一曲挽歌

在横断山脉的回声里

盐井村

像史前留下的蛋

还不曾孵出任何东西

错鄂湖①

露珠是一座庙宇

斑头雁去了之后
湖泊瘦了下来
湖岸，这件秋衣
恍若穿在一粒盐身上

再次空了的鸟岛
并不等待任何人
它的荒寂
只为自己整理落寞

我们所知晓的
并不比水里的石头更多
它们一排排追赶天空
嘎嘎地叫着

秋风如刀
远方
似一片片磨出来的寒光

①错鄂湖，在那曲申扎县境内，湖上有鸟岛。

茫崖

——赠沈开运

冷湖冷

苍凉凉

无需寸草衬托大漠

终须星空抚慰苍茫

石头磨成阳光

八百流沙吹过黄瓜梁

米堆冰川①

米堆冰川，青天下

最高的宁静

也是一粒粒的宁静

细小、慢、纯粹的宁静

成就天地大美

高冷、孤绝，是永生之卵

倏忽之间

雪花，不被融化的冰雕

拒绝雄鹰、落日的拜访和岁月的回望

只有砥砺的寒光，被称之为最后的、纯粹的精神

波密城活在清冽中

倒影被一片云轻轻压住

桃花仅此一个源头

---

① 米堆冰川，位于林芝波密县玉普乡境内，
  是西藏标志性的海洋性冰川。

金银滩草原

金银滩，金子是太阳

银子是羊群

云朵安详，大地蓄满泪水

天堂和草原都闪着光

没有历史的岁月长存其中

扎曲河^①

扎曲河经过故乡

一朵浪花用魅惑的

小小爪子，抓住整个河面　　我想起那个溺水的孩子

　　　　　　　　　　　　曾像一朵调皮的浪花

屋檐有流水心　　　　　　　他的死亡像流水一样柔软

紧咬嘴唇的人有流水心　　　他悲伤的母亲跪地祈祷

　　　　　　　　　　　　蜡烛立在无法挽回的空间

　　　　　　　　　　　　扎曲河经过故乡

　　　　　　　　　　　　它流向哪里

　　　　　　　　　　　　哪里就是岁月的裂隙

---

①扎曲河，在昌都汇入澜沧江。

麦地卡[①]

草，为野花戏谑

受了引诱，像醉笔

泛滥出内心潮汐

荒涧鸟鸣是春天的偏旁

词语失去的，在山水中找回

以潦草的半生为部首

起笔这颗摇曳、晃荡的心

而无需一棵树来书写筋骨

恣肆的啸吟、废墨

胜利者的雪花用霹雳吸吮

每个活下来的物种

都活在它必须活下去的理由中

这是麦地藏布之源

也是根系的秘密

阿依拉山是圣洁的

它只和高空在一起

但在沼泽地小小的水洼里

仍能拾到它的影子

---

①麦地卡湿地，在那曲嘉黎县境内，为拉
 萨河之源。

慈觉林①

小时候

只要看见

慈觉林上空的那朵黑云

阿妈就会喊我进屋

如今她不在了

那朵黑云会回来

会长久地停留在慈觉林上空

而我的阿妈已不在了

①慈觉林，位于拉萨河南岸，现为《文成
　公主》演出所在地。

桑丹康桑雪山①

缘巉岩、石壁、草甸

探索未竟之路，或失踪的雪豹

世代更迭，流水暮雪

天穹垂顾，冰川修复融化的信仰

怀抱固执，且让我满头冰雪，星夜为酒

天地静谧

我是一，也是万千丘壑

仿佛置马匹于万世云外

一株边玛草叶片上的秋色

停浮山顶之轻

胸襟蒙受物语的呢喃和恩宠

①桑丹康桑雪山，在那曲县境内。是西藏
　二十五座最高山峰之一，在宗教上被相
　应尊为二十五位仙境居士之一。

像天空的仪式部分，高蹈之神

是否暗喻某种人性的边界

天空缓缓移动其空虚

风也在移动，注定不被看见

流逝和挽留，花姿摇曳于繁密设想

往雁连着秋深，幻觉制造幻觉

一二声惊叫，像一二句箴言吐出

旋即，云雾被雨水吞没

又被风吹得干干净净

大寒，释放更多失败的愉悦、空旷

存在，一直间隔着距离

天堂在不可及的地方

据说，雍措，是纳木措的母湖

它的渺小，像大地之眼

恰恰建构波涛壮阔

世界继续膨胀，源泉缥缈

仿佛思想的脚步赋予空谷回响

无法感知的东西，在遗忘中

让苦难的山脊变得透彻、轻盈

暮色更浓，时间的缝隙卷来群星

古老山河，衰颓的身体像一面斜坡

一次次，为神秘感召

肺腑颠沛流离，诗如雪崩

卷一
世界屋脊的瓦片下

比如①

一条路通向无穷

我睡去了几百公里

世界丢失的，一段路程帮助捡回

羊群朵朵，醒后迷茫

群山连绵，怒江盘绕

永恒的神牛在高处饮水

——大象无形，旷野萧瑟

我惊叹于山河的无言

庸人沉溺的偶像

在去比如路上

我又像活在一个比喻句里

悬崖如副词

峡谷如沉溺的暗示

小草蹀躞于高原之春

幸福对意象有所依附

星星的废墟被挖掘机挖出

落地的尘，拂面的灰

车轮碾过的呻吟，替一行

迷途的句子寻找栖息地

①比如，即那曲比如县，位于唐古拉山和
　念青唐古拉山之间，怒江上游。

唐卡

极地高天，灵魂图谱

光源，隐匿于细腻的笔法中

笔画间，游丝如呼吸

天青石绿像醒来的情怀

转轴里的繁花筒

炮制生命如花

血管为线，描摹心中的阴柔阳刚

受难的秘密总拈花微笑

无论生活多么现实、沉重

美生成于渺茫的间隙，见证着

时间的苦役赠予的轻盈韵律

庄严饱满，袈裟飘逸

宏大的旷野舒展抽象的力量

波罗蜜花、棕榈、芭蕉，像古海余影的彼岸

微弱的爱，如编织的空航母

护送色相的变幻

在泪眼中找寻各自的归途

更多的脸孔，像亲人般的云朵打开

信仰关乎本源，凝神为了出神

空间不容虚构

也不存在另一个世界

恒常与无常，二元对立

又被一条线同时俘获

游曳于艺术的自由

一缕缕，从凌乱走向秩序

携带着雪域的灵魂、马匹、雪花

和曼陀罗，精微的灵动、广大

由简入繁，化繁为简

将曲折、幽咽镶嵌为单纯、新生的快乐

在线条上活着，从不轻佻

更高的真实，救活色彩和神性

寂寞的道场

冷暖人间是重逢的梦境

手艺中，沉淀着月光的基因

让所有的磨难在绸缎上滑动

有一种生命从来不曾老去

所有诘问，一开始是声音

最后是花朵，穿过

世界的茫然的，是留白

是指尖上的灼热与浩渺寒冷

灵感，沉溺于咫尺的理解

又一代人逝去了，发黄的勾笔

涌起星塔，拒绝轮回于暗夜的命运

牧歌在日夜采集青铜

——致昌耀

坚硬的时间转动风

霹雳，在雪线上安放春天

花草，是冰的睫毛

是炼狱的胚房里

岩浆升华后对大地的重新致敬

正在掘开雪山之子修持证悟的高度

所有的叶片朝向星空

细小花，对接深邃幽暗里的万古灯

从江南到万圣之巅，行者的高原

以一己之力，将世界屋脊缓缓撬动

浪迹流萤，藏身绿度母的母体

大琴弦上，牧歌在日夜采集青铜

雪山鲸鱼

——赠美朗多吉

昌都回拉萨，七十二拐衔一缕白云
鸟用尽羽毛
澜沧江携带故土的眼眸
奔涌着格拉丹冬的雪浪和横断山脉的秋色

命运的沟壑之谜，水系和星座的秘密
仿佛我这座东海之塔
和你这头雪山鲸鱼
在砯崖转石间飞湍着惶惑的激情
一次次涌上绝顶，自成峰谷

黑颈鹤

——赠韩书力

一

你在虫洞飞翔

一米宽的括号似天空的胸腔

奏鸣，贝多芬的交响

向西、向西

你向领空宣布

有黑白分歧才有真理

三

星光在心房嘀嗒

冰河，冻红的脚趾

二

你有子夜的脖颈

白昼的羽翼

你是光阴的产物

凝聚着理性的内核

从泪腺里渗出的褐眼圈

像针眼燃烧的希望

让天空从中穿过

四

每一步都在泣血

都在向不得不迁徙的命运

要唯一的、心灵的故乡

每一步都在坚守

为穷途提炼爱的字母

为雪泥上留下的爪印

为借来的岁月

无法归还的人生

五

仿佛时间的地层之下

深埋着种族的血缘

海浪上巨大翅影的思念

仿佛这片高地

不是缺氧和蛮荒的联姻

也不是藏风淫雨的修辞学

而是崩裂的血管找寻生根的母语

六

这可怕的美，借风暴铸就——

你的长腿芭蕾，翅羽圆舞曲

你的一生，将极地孵进羽毛般的剪影

纵使衰老如残雪，也要俯身太阳

将筋骨扭作缪斯[①]的金环

七

如果爱不能成为你的声带

大海就不会在高原体内低吟

莅临，高于世代

你这受难的天使

被紧劲的墨线揪住胸膛的雷声

你的白火焰

赐予天空更多的光华和梦幻

---

①缪斯是希腊神话中主司艺术与科学的九
 位古老文艺女神的总称。

雁南飞

——赠敬廷尧

顾盼，源自命运的辨认

青春作影，白羽当歌

看不见的内宇宙滚动雷声

你像古老山脊，携带天空在飞

冰山的擦痕绵延着家族的血脉

层层高空，打开诗篇

旋转的侧翼，为你卸下昨日

迷幻，源于岁月的回眸

置身海拔之巅

仍被叫杭州湾的入海口窒息

茶马古道，迷失了

多少王朝的背影，却不能

将我从青铜的章句里湮没

向南、向南

凌驾于一统江山

翅膀的苦役与荣光，脊椎穿越季风

热血黏合两个天堂，一粒粒盐

消殒于长天，掠过半生

每一次来临都为了离去

以你为界，天空分成两半

以你为虹，高远将辽阔延伸

未来与往昔相互打开

犹如使命的河床蜿蜒温润的回声

你的脖颈被云烟牵绊

浮光掠影滑翔着疲惫的眷恋

人生如被完成

什么不可以舍弃？爱过的、痛过的

就像云前云后，生前身后

皆用一片羽毛落下飞雪

目的地在心中盘桓，但只有学会了

用冰雹酿造星光的

才能啜饮啾鸣、幸福

如果叫喊，就一起叫喊

如果迷失，就一道迷失

脆弱的精灵，带着神力的施舍

与安静的人间

——这真叫人伤心

你振翅的人生到底能走多远

你为爱插上想象的翅膀

在虚无的巢穴折叠理想光芒

天际线却为圆形的天葬台环抱

仿佛在提醒，身体的灯

个体之于种族

唯有紧随，才可能免于熄灭

惟有免于熄灭，才被赋予火魂

又何曾不合时宜

想过一种慵懒、退隐的生活

和光于尘世？

像被不可知的命运所预设

年轮滑过缥缈的章回

雪山、草地、白帆、灯火

一字字押韵乡音，仿佛词语的高空

扶摇青云，才能凌驾浩荡诗行

惊悚的美，在你打起瞌睡的一刻

俯冲下来，向大地

献上最后的祭品，又倏地

腾云而起，旋转天空

在游于艺和望乡中重新平衡自己

远去一线如云中白电，飞得更高更远

一生惊鸿，仍需轻轻挥洒，秋声更迷人

冬虫夏草

于掌心端详

迷惑是鱼眼，勾魂是弯角

一生成谜，潦草总结

冬虫因为夏草沉默

思想的重金属

海的腥味，涂抹黄金的成色

影子提炼出筋骨

渺小的剧目，为一条条小命

在炼狱转身

显形，或匿迹

都是造化的轮回故事

极地苍茫，只需你

探出头来，便有更多的脑袋

呼喊向一座山的中心

更多的草，搬弄是非，将你混淆

"是否可以一再被遗忘，直到

变成更高的真实"①，或者

被一再地凝视、谛听

直到所有的秘密

在寒冷和孤寂中还原回自身

———————————
① 英国诗人卡内蒂诗句。

卡若遗址[①]

天上的宝石蓝不是废墟

卡若的遗址不是废墟

如果倾听

便有飞鸟从地下溅出

携带着部落和王朝的背影

达玛拉山醒来的时候

人间的事物将被重新命名

我要到大地的中央去

在一座山醒来之前

编织篱笆、小屋

命名犁锄、谷粒、牛羊和诞生地

①卡若遗址位于昌都卡若区卡若村内，是青藏高原古人类的文化发祥地，其对于研究探讨西藏早期的历史奥秘、中国西南古代民族的迁徙以及西藏与黄河流域等地的内在渊源都具有十分珍贵的价值。

我看见卡若姑娘

双体陶罐盛着月亮

环佩叮当

她能让夜晚醒来

也能让夜晚睡去

她突然停下，像迷了路，像一阵风

停在澜沧江拐弯的地方

密码无解，图腾不息

人间灿若星辰

龙胆花像她微笑的样子

红杉树似她的背影

三岩①

横断山脉，鼓瑟与风暴

古海一样的天空，我迷幻于

幽蓝、铜雕、圆寂

金沙江从汹涌的雪山收集光阴的花瓣

一只只鸿雁穿越秋天，穿过

你的名字

难以想象呼啸的弧线

从其粪便里诞生的葳蕤、神秘

夕阳的纤维，将爱

穿插在每一谷物的心尖

有多少芜杂的草叶

就有多少露珠

日渐荒废、颠沛流离的故园

慈母，暗夜的凝眸，矗立起另一座远山

---

① 三岩，位于川藏交界，地处金沙江大
峡谷，崇山叠峦，沟溪环绕，森林绝谷，
出入鸟道，古来三岩人以"剽悍"著称。

即使被隔绝得那么深，像一口坛子

封存了所有的烈酒

仍有星星高举静谧的酒杯

沟壑，造就天堂心象

——世外，想象世外

亘古的燃烧等来桃源的灰

迁徙，一切不曾走远

乃波山，深奥的永恒脉络

巴依啦草原的子民

像创世纪的花朵，总爱开在白云上

葡萄串似的星星，簇拥着初孕的小小乳房

伊日大峡谷①

静谧在嘎那拉山和当扎拉山交汇
两片唇，幽闭峡道的灵脉

每一朵雪花活出自己的味道
你的芬芳从我的脚根
一直沁到舌尖

喑哑言辞，远，却在我的心口
孤单的解脱，被一个个春天送回

①伊日大峡谷，坐落在昌都类乌齐县境内。
  植被茂盛，雄峰对峙，悬崖千丈，是一
  处天然的超级"大氧谷"。

世界赐我以近乎窒息的呐喊

及没有钟点的时刻

嶙峋巨石，都是创世的图腾

回声俯仰，讲述洪荒黎明、桑曲河源头

浓雾的历史酝酿游牧

我惊诧于

伊日温泉的母性，和它消融的心

暗夜，北斗七星又运行至头顶

晴朗的异象，闪电的脚步一直跟随

大隐，仍被天地所知

爱每一巉岩所缠绵的绯闻

与掩映的来路，让花草孕育儿女

白云用位移重续枝条

飞行的信函，为大雁一字一句啄开

孜珠山[1]

高耸，依势取沟壑

浩瀚凭空入云

深谷，舒展为红尘精神景深

红拉山，干硬的红光，在彼岸

经幡的飘忽，纵我遥情

西藏，飞升中送来圣洁的祈文

恍惚与遗忘，三十九族部落故地

传说凛冽，生命嶙峋

大鹏鸟的灵魂一次次被雨雪感召

天空围拢的火苗

携一颗颗星辰于腋下

灵感的隐喻：一只鹰隼闯进句子

所有的沧桑化身柔软

我惊诧于它自由滑翔的技艺

在逆风中旋转云烟、宝鼎

---

①孜珠山，位于昌都丁青县境内。是本教
的四大山之一，几千年来一直拥有特殊
的宗教地位。

而无需拍打翅膀

这天空的法螺，吹送

无量光、坛城里的万水千山

与六座山峰，编排出六字真言

心在高处，路即在高处

天门洞的心象，据说

牛羊循着仪轨转回了人间

一如我不管走多远，总要回来

一步步，野花开在雪花上

出身块垒，自成中心

超乎物外，介于其中

遗世的每一天，用磨刀石唤醒黎明

巍峨，以谦卑表达

达曲河像精进的河流

或沉沦、或登高

蜿蜒天地壮阔

穹隆，含于糖中

甜蜜地啜饮，允许你一再俯身倾听

丁果卡[1]

托起帕巴拉夏宫

每一片草叶都在呢语

在那青草深处，瞩望群山之巅

西部的穹隆圆顶，每一缕云饱蘸善意

爱，胜过一切美梦的初醒

所见即所悟，旋身于这片灵地

犹如羔羊舔食不尽的旷达时光

不许命运嗟叹，残雪乃无法逃避的深情

西部之醉意，乃在巨大气场推动的天边

放纵内心的旋涡一片汪洋

---

①丁果卡，位于昌都卡若区如意乡境内。

当我确信存在于

波浪拍打的黎明山脊

天路，像鲸鱼未完成的翅膀

措丁山系光的轰鸣，为金雕镂刻

石头的羽毛孵化利爪

俯冲下来，从其力量的喙子

将帕巴拉朗湖衔进天庭的疆域

银河如箭矢，呼应雪山伟力

星星是苦盐的配方

任性者，或已为人杰

或化于万物，以一线肃穆勾勒古海幽蓝

加玉大峡谷^①

一

高峡春深，美人迟暮

怒江携词语巨浪

不是诗，是句子在怒吼

二

云变轻，长风短笛

冻鸟散开翅膀

古道饥肠吞青天于一缕

三

有人窒息

有人拿悬念作喻

霹雳落下，一只鞋

顾不上另一只鞋

山水的小小分歧

影响了世界的旅程，和分裂

四

一线天，以大峡谷之名

拱出绝壁

我，以家国之名

负裂而行，以小，见大光明

---

①加玉大峡谷，在洛隆县境内，是茶马古道重要景观，有"一夫当道、万夫莫开"之势，素有"一线天"之美称。传说有两个版本：一是因到拉萨必过怒江，百姓请莲花生大师算卦在哪儿修桥，莲师脱下左脚鞋子，扔到江上，说鞋子卡在哪儿在哪儿修桥，后来就在鞋子卡的地方加玉村建起了加玉桥；二是文成公主进藏，到了加玉村，见高峡深谷，水势险恶，不禁落泪成桥，民间称"汉女流泪桥"。

五

流年如峡谷

而一个人携带着爱与恨

从中穿过

侧着身

六

人生分开，残阳现

度飞鸟，放流水过去

唯把一段虚空卡在这里

像有句话，只能留给自己

无法说出口

七

茶马古道

与长长的影子

交换常年累积的心事

也许，远遁，以回眸故乡的余影

八

在低处

当自成高远

九

胸臆万世

此心悠悠

且把浪花当韵脚

在群星上散步

卓玛朗措[①]

一

寻迹
哀蝉在丛雁的回声里

悬在半空的耳膜，倾听
湖泊的蓝牙
咬紧病骨

二

雪山写意，湖水泼墨
世代之波创造于瓦解之时
悲欣交集
用水中苍穹拥有天空

三

又一轮圆月
你母性的特质
让我在高地拥有江南的忧伤

我看见，观音垂下眼帘
为拯救所伤，她落下的泪滴
是无法回收的银子

---

①卓玛朗措，藏语意为度母女神湖，传说
　是观音菩萨泪珠中化现出来的，距洛
　隆县36公里。

四

多少事

从命里来，到爱里去

人间谣曲化身为清泉之音

五

只有浪花，奔涌在宁静的巢穴

蛮荒热力赋予你雪光润泽

时光的淘洗

不曾让每一滴有所耗损

哪怕消殒于沙，仍保留着

最初形成你时的回响

又溯洄鸿蒙中央

六

仿佛你是我的另一只眼

因为固执，在暗夜里再也不曾合拢

炳茸冰川^①

依恃布加雪山

从光辉的顶点，到炳茸湖的深渊

一道悬泉领着心跳

是时间完成它的冰雕

是暴风的凝眸，在斜坡上故意抛锚

是光的宴席，点亮一个个哭泣的美人

是太阳般热切之眼的光晕

燃烧着灼热的未来

    ——被登山者膜拜的宝塔里

    囚禁着鹰一样的魔咒

    而你，宁可在冰川纪封存冷酷的心

    不愿在融化中赐予冰凉一滴

    多少遗世之骨，沉睡于月光下

    热泪如遗传的基因

    绽开新的夜晚和孤绝的花朵

卷一 世界屋脊的瓦片下

①炳茸冰川，位于昌都丁青县境内，是世
 界上已知的落差最大的悬冰川，由布
 加雪山发育而成。

约雄冰川①

一

静极呼啸

与炳茸冰川

建构着布加雪山的双翼

二

阴和阳

皆被命名

却永不相见

三

恍兮、惚兮

古老象雄的图腾

像天空的家谱

如此无限敞开，又不知止于何处

四

凝视，几亿年的纵深

所有的感官，回到创世之初

马蹄的回声，在暴风雪下隆起

---

① 约雄冰川，位于那曲巴青县境内，与昌
都丁青县的炳茸冰川同属于布加雪山，
两者分列山的两侧。

五

出于对黑夜热爱

星星体悟蛮荒人世

常识与符号，是需要卸下的枷锁

六

用雪花勾兑冷暖

向天空交出雪域的根柢

江南小桥上的梅枝亦应无恙、宽慰

七

冰川的眼泪

约雄湖应受之有愧

地球变暖，人类失去知觉

肥瘦、小大都是溃败

八

所有的磨难

为了忍受苦难之美

投迹冰雪

鼓风而歌的爱

九

高山如卷轴

流水化开一幅画

将肉体还给性灵

像踱着长腿的仙鹤

通天河

云朵不在人间

隐秘的渴望

蜿蜒在视网膜最深的边界

遥远之远

与取经人渐行渐近

众生所渡的生命之河

推送着正在来临的浪花

——这没完没了的现代性

沉默如雷的诵经声

在体内共振，掀起的惊涛

带着湿漉的光焰

起万念于永生的神咒

亿万年的谜底

许多世纪烂掉，巨石老鼋

仍在等待泊向对岸的人

它的假寐，恍惚蓄满泪水

西风冷，已无面目可循

日子更加坚硬，呼应满目苍色

我来了，带着前世的雪花

羽翼般的幻觉无处安放

从雪域下坠的块垒上掠过

布托湖①

涛声拍打云团

为大鹏鸟翻卷的啸鸣

传说汪洋，心事无依

以踏虚对抗沉沦

屏海水于体内咆哮

        这没有时间的地衣

        没有贫穷的波浪

        八大部落山

        是受难脸孔隆起的鼻子

        布托湖

        ——古海余影眼泪的源头

---

①相传大鹏鸟找不到歇脚之地，所落之处，无论高山巨柯，皆沉入汪洋，
    唯坷垃般的八大部落山经受了巨力，百感交集之际，眼泪汇成了布托湖。

康庆拉山

雪花在替格桑开花

春天不知道春天的事

仿佛走过的路

总有人健忘

也总有人走在异乡和歧途

倏忽即逝，又不断重临

瓦解与重建

总有一朵雪花信奉的雪山

催促我扶稳雪花之身

当一切被埋没之后

我于一滴水中

探究那改变了世界的力量

萨普冰川①

静卧天地，心中的奔马

一次次服从恒定的驭使

七座雪峰，七支银笛

青天的靛蓝用高杯饮尽

复仇的宝剑溅起黑的雪

私生子上过婚姻忠贞的床

           村庄如星，情歌缥缈

           格桑花，如流浪的胎记

           高处的波澜翻卷入人神两岸

           爱是人间虚拟的音符

           又像是天上的事

           虫草湖拍打，小径分歧

           苏毗国古老地图上，月亮如银器

           浓雾紧闭天国的足音

           回眸者被面纱锁住

---

①萨普冰川，位于那曲比如县境内。也称"萨普棍拉嘎布"，为本教神
山之一。相传由萨普群峰组成，其成员从左至右依次包含：萨普的妻子，
萨普的妻子出轨后和别人生的私生子，萨普的二儿子，萨普的大儿子，
萨普，萨普的女儿等神山。

骷髅墙砌来星光

庚子春，与张青、高二亚、次多走访藏北，
见骷髅墙又高了一米。

"随时间而来的智慧"
仿佛"枯萎着进入真理"
"一种可怕的美诞生了"①
在被迟疑的头骨间
我遇见自己

拾级于世代的长廊
有时，因为注视寒光闪闪
有时，因为寻觅隐匿无踪
我细数着
当迷津也被掏空
没有一张图谱经得起岁月推敲

_____

①前面这三句均引自叶芝诗歌。

去掉了皮囊，灵魂是什么？

仿佛困窘于轮回的夜晚

未完成的叹息兑换天外天

当死亡也远去

我们的感官向着何物打开

——是非、荣辱皆骷髅

山峦起伏，一个人

终需渐渐放平

既没有存在，也没有消失

此时一群秃鹫

夹杂着含混不清的言辞归来

谁在食物链的一端

直到沉重的肉身

变成更高的飞翔，谁在自己的巢穴

建造证悟的墙，走进轮回与远方？

倾其一生、为了一生

九死围拢一个生，我依稀看见

风吹金顶、母牦牛部落

人间的裂隙，嵌入

先行者的夕阳、慈悲的心咒

与雪域周遭的寂寞

——芳草萋萋，骷髅墙砌来了星光

雪

——赠西藏作协赴申扎采风同仁

一群靠文字取暖的人

像有故事的牦牛

在下过乡三村遇上大雪

是暴风雪粗暴的热情

将磨难置于绝顶

是牧民的真情意

用一碗碗青稞酒唤出高原红

——这腮上的日出

宁可错过归期

也要让笔墨有酥油味

真正的美，当留住荒寒

冰结珠圆，愿采得春风来

载高原于一只仙鹤

寒露

从南木林去申扎

经香河

枯枝残叶被风收拾得干干净净

挖土豆的人洋溢流光

知道，寂静之下

必有一颗等待的心

什么是秋声

红富士在霜霰中谛听

艾马岗土豆再一次送进肠胃

总有不再回乡的人

在高高天上

在深深土里

夕阳西下

克古拉垭口用磨难建构

潇潇雁阵

在我白发振翅

夜凉早至，孤客先闻

后半夜的月亮走在后半生里

甲岗雪山在经幡下飘摇

滨河公园

人工岛分开拉萨河

放生鱼游回水中

央金梅朵绕着白塔转圈

多少年了，推土机举起星辰的屋宇

码头，咀嚼着悲风

桥不曾使两条岸依傍

只剩下流水

倾听着皮筏的回声

白头翁，一直凝眸着雪山余影

爱，由落日赐予栖息的归鸟

龙王潭

一只鸟啄开黎明

龙王潭升起布达拉

黄鸭知趣

斑头雁驯良

黑颈鹤忠贞

卷舒间，穿羽衣的牟尼

翩翩起舞的李白

黄童白叟从浪花逸出

仿佛戏谑人间

风吹不散刎颈之交

红爪如荷

在水面孵出七分秋色

更有白头翁

在刚刚起舞的浪尖上

打起瞌睡

拉鲁湿地

苔藓还原时间的地表

还我心中的荒蛮

矗立拉萨之肺

野径，探出思想的芦苇①

我爱着红蓼、水草

深陷的天空

被无数光影疏漏的时间

以及一条鱼在泥水里吐泡泡

那个谙习水性的少年

迷幻地看着

自己的倒影，直至

肉身的湿地，一个神在晃动

---

①此处化用帕斯卡尔"人是会思想的芦苇"句。

最后的雷声击痛了我的泪水

丁酉冬月，走进塔尔玛高原，选了一头叫"康玛萨"的矮脚牦牛制作标本。云卷舒，牛如山，心似铁。谁不是我的亲人，爱之欲生？然今爱之欲死，孰为不死？故以诗诔之，并赠牦牛博物馆。

这氏族的角
无数次将太阳从头顶挑落的角
旗一样屹立的角
今天，是死亡号角

绳子缚住风暴
温柔的刀锋，将光线从黑暗里取出

当你倒下，蹄子仍保持着奔跑的姿态

然这一次，不在群山里回响

而是在白云的原野上戏谑

仿佛死亡的纵身一跃，带来了天庭的荣耀

仿佛我看见一座山

驯从的烈焰，和远方的雪崩

生死一念

你甚至连叫都不叫一声

只让眼睛温柔地淌着天光

这野性的宿命，超越想象和悲悯

这最后的雷声击痛了我的泪水

哦，你为准布矮脚牦牛种群而死的

但这死，有多少月光陪伴

有多少野花绚烂

这无辜的殒身，也许藏着人间的秘密

多少牛知道你的使命荣光？

多少人舔着你的血豪情痛饮？

但你管不了这些也别无选择

你这一生只给大地带来安慰

为冷漠送去一颗金子的心

当暮色带走羌塘草原的身体

我的心随着你的魂魄去了远方

你不会在标本里复活

却注定奔腾在格萨尔王英雄史诗里

青稞红了
——挽尼玛扎西[1]

向光而生，麦芒

指向精神高处，每一籽粒

举起大命里沉默的原浆

仿佛苦旅的高贵低吟

碱性的特质，在深植世界屋脊的云雨后

像雪花，凝结在极地的秘密中

多么丰富的渺小

多么饱满的多元

是一个民族不可替代的胃、指环和月亮

沉淀人类梦幻的无数次乘方

---

[1] 尼玛扎西：原西藏农牧科学院院长，2020年9月5日，在西藏阿里日土县调研途中，车祸夺走了他55岁生命。生前被誉为"中国青稞之父""青稞王子""青稞领域的袁隆平"。

多少次，仰望源于渴望

在没完没了的边际迷宫

生长期计算着饥饿的本质

丰收的谜底，等待你袒露胸扉

赋予种子以冰原光泽

是无数次失眠，指向浩渺

是父性融入植物的胚胎，孵出藏青 2000①

当收割的季节来临

大地在流汗流银，在挥舞臂膀

在携带空心的火焰

在追赶黄金和金黄的欢乐

在驰入心中的疆域

叱咤无法想象的课题

---

①藏青 2000：是突破性的青稞新品种，
具有产量高、产草多、籽粒白等优点。

仿佛来临的一切都在向着等式敞开

青稞红了，阿妈笑了

割不断生命的脐带连接雪山秋色

镰刀卷起的马匹铺设云端幸福

风吹麦浪，吹来家园

即使分不清谁是谁的汁液

炊烟从反方向丈量

以你生命火花不可复数的芬芳

——如果死别靠你更近

这片高地，有一束束向你飞去的星光

高原养路人

为山投下肋骨
为命，怀揣迭代的心
又注定被轮胎弃置在旁
像螺丝钉，嵌入道路的意志

日复一日，沟壑
用想象力砥砺
推土机，追随心中隆隆的意境
沥青加入魂魄
清冷寒夜，压进星光

岁月静好与谁环环相扣？
回家，在心路上缠绵
有时是雪花
有时是十字镐捉来的火花
替高原雕刻移动的字符

亚东

喜马拉雅南坡北麓

帕里牦牛，亚东鲑鱼，黑木耳

卓木拉日神山下

多情湖，只有在此接续之野

方得一睹——天地精魂

与爱情的宏大轮廓

云中哨所，在冰雪倾听鸟鸣

演绎藏族老阿妈

三十年如一日的送菜传奇

信仰，是怎样的背篓

将剑齿雄峰踏进云端

沐浴进星宿的海洋

而在小城，我们的脚踵

探着边境线触及这片腾飞的水系

康布曲、卓木麻曲从源头

带着深谷的寒意

跃动着雪瞳的光波，伴我灵魂泅渡

新妇的玉臂盘出银蛇闪电

雪山的膝盖骨

将春天摇晃得吱嘎作响

一声长喉，边风隐去许多细节

我问遍所有，无人作答

乃堆、旦巴、同宗三山

像哑谜在词根走失

人是什么？

黄金引领金顶，鱼贯

亚热带的风情、卡夫卡的甲虫？

——看世界，得世界观

你是我灵感的圣殿

且尽一杯，还我命名能力

爱本来既创造孩子，又创造父亲

既献出花朵，又献出果实

多少桥妨碍船的拼搏？

但仍不能使激流有所减缓

寂寞长啸弹拨断肠

一生不过如空谷回音

泪泉，一瞬交给清冷月光

沉埋岁月与水底游丝歌吟

没有这些发光的鹅卵石

流水到不了远方

所有逝去的，必将留下涡旋的声息

高原荷花[①]

特提斯古海隆起的渔火、浪脊

有美之人向天空抛出的蔻丹绣球

无字沃野，与谁的西藏，

刻画的江南心迹？

沼泽为秋水的螺纹交出莲藕

这枯陷的湖泊，野牦牛的眼泪

被称之为洛美泽地

仿佛洛神"飘飖兮若流风之回雪"

"灼若芙蕖出渌波"[②]

"那是一个护卫花冠如同生命的乐观年代"[③]

可爱的遗老孤介纯真

接天莲叶寒地审美

一茎脆弱的神经甜蜜炼乳

①高原荷花位于定结县琼孜乡境内。
②引自曹植《洛神赋》。
③此句为昌耀诗句。

曲登尼玛[①]

岫岩间陡峭的烟篆

是朝圣者登天的古道

曲登尼玛，金刚太阳石

让我狂想怎样的坛城

将胸中的火燎向着冰柱投去　　　　万古投以一瞥

圣泉如少女　　　　　　　　　　　峨岩上没有人间的历史

适合畅饮，更适合谱一支乐曲　　　冰湖交合，若美人垂下眼睑

　　　　　　　　　　　　　　　　凝聚从流云到闪电的时序

跨国的雪山，灵府顿生神圣、荡然

疆域有界，明月无界　　　　　　　我是谁，谁又最理解大地？

渊底，九头狮仰天长啸　　　　　　喜马拉雅皆在世界尽头

跃上峻岭，眺望东方黎明　　　　　多情地，养我蛮荒之旅如汁

———————————

①曲登尼玛位于中尼边境，北坡岗巴县域
　内，冰川、湖泊、泉水皆闻名。

天堂

天堂里有什么？
远去的是笑声

一朵雪花被小径收走
　一条小径被更多的雪花收走
天堂里有什么？
一条小径和它渐渐迷茫的思绪

六角形，春天的独白依赖修辞
江山的密码
破译在惆怅的跫音里

有人从天堂归来
像一粒泡影，带着
飘忽、难以命名的身世和谜团
不知该落户何处

有人，在等待幸福下凡
仿佛一朵雪花，飘忽时，更靠近天堂

世界屋脊的瓦片下

多少年了，分离是拥抱的渡口

你的笑声从海那边传来

纯净、固执

如同我预习不尽的课程

很多事，虽远犹近

只要心存天涯

每一片云都是耳膜

闪电便会借助岁月的嘴唇

仿佛亲吻，为山水所隔

却是爱情的冶金学。在那里

我们让小鸟啄来星光

给牧区传授另外的知识

绿色缠绕的辫子里

乳汁、星光，被编织

世界屋脊的瓦片

接受时间和露珠的抚摸

有时落了一夜的雨水

才知道，你的牵挂比雨丝还多

轻轻呼吸，与谁的江南

构成隐秘、漫长的呼应

阳光和飞雪皆连接你的脸庞

内心的波澜在血脉里沉潜向深渊

翻卷同一片洋流

所有的爱，扑向同一个你

我所要的也许

只是你的片言，我的只语

让破碎重新分配宁静

或者，以梦境统一天空

——月光如水，总有黑暗洇润香息

从孤枕中分离出爱的肌肤

当我回眸，时光的瓦片

像浸润的唇，紧咬细密的语境

滑向屋脊的青丝，一道悬泉不竭地进入云河

卷二
山海间

——万物皆有所托，世代的跫音于山海间，此起彼伏

山海间

己亥秋，余到藏东八宿县叶巴驻村。天路蜿蜒，怒江如练。遥想钱塘时光、藏北羌塘援藏的七年岁月，深感沧海桑田，时代变迁。露珠于小村安放两地精魂，诗以记之。

一

村寨安放在高原深处

冰雪之光

像时代对高原的又一次提问

流水撞击山涧

也冲刷向身体的痼疾

激情从中枢探寻山脉的走向

所到之处，经络舒通

LED 灯为酥油灯照不到的黑暗而揪心

并试图喊醒沉睡的石头

让苟且、贫病、慵懒无处藏身

二

何曾想过，从钱塘江

到怒江源

川藏线传来潮声的恍惚

一路上，被格桑花摇晃的心

寻找神性的源头

乱石惊涛，茶马古道

雪山流云辨认原生态的静谧

想象力的钙骨

溯洄古老家族的来路

月亮啜饮天堂的雪水

又像一张旧唱片

在七十二拐

吊来白云的行囊和峡谷谣曲

波澜三江，爱恨横断

所有的颠簸由肠胃收拾

一缕藏 A 车牌的清幽蓝光

村庄，如雪上的标点

呼应远方

三

叶巴村，亲爱的骨肉

找到你，需要一个被黄叶安排的秋天

也需要贯穿周身的血管

牵动一颗正在撞击的心脏

人生过半

已没有一朵云，或一缕风

可以用来暗示。但太平洋、印度洋

一如既往地，接纳

万里高原的馈赠与汹涌

长江，湄公河，羌塘草原的丹心

奔赴不同的海岸。而我来了

万水归宗，又通过

指间风雨，携回洋底渊流

在江河、雪山、一颗泪珠里

放上深邃的眼眸

是母系的秘密牵引我这朵东海浪花

是浪花与雪花的感应

蕴含着天地的循环、香息

把苦辛化作乳汁的甜蜜

四

炊烟紊眸，经幡飘忽

布果雪山像莲蕊吻你在手心

露珠指点小草

万物重新命名

      空气里

      保留着狼和野猫散发的味道

      离群的小羊咩咩叫着

      像是粗心的神把它遗忘在这里

   天路高莽

   总有荆棘、鸟鸣

   把我送回童年星辰的旷野

   一时，光影交错，母语喑哑

   红珊瑚托来欢笑

   雪域母亲古海倩影

   我爱她们，仿佛

   被时间过滤的人又被爱打湿

   我将成为其中的一员

   又不能只说出生活的盐

直至一头牦牛喊我乳名

乡风乡俗里

怒江翻译那曲雪浪

村委会的招牌像黎明的山脊

殷红的张大人花①落籍南海

夕阳的余晖洒在业拉山那边

影子的鸟疾驰过祖辈的家园

五

黄昏早早来到山谷

星星的蜂巢在滴蜜

异域的风忽略了你身居何方

绵延的岁月，抽丝剥茧

在虫鸣中感知

累世支配生活的气息

有时，为一只屋檐下筑巢的鸟所惑

它仿佛带着

从未谋面的身世之谜

---

① 张大人花是粤籍驻藏大臣张荫棠带入藏地的。在广大藏区，有人叫它
波斯菊，也有人叫它"格桑花"，更多的人则称它为"张大人花"。

一个人的生命线到底有多长

从杭州到西藏

乃至根本无法预知的村落

从碧海到雪域、浪花到雪花

后现代到文明倩影

呼风唤雨到藏地风情

于高冷、孤绝、自省中

一次次拓宽内心的精神疆域

所幸祖国够大

够有情人相识相拥

天意够美好

够你我流泪，引颈回望

在分飞天涯中

声声镌刻花草的书简

仿佛故乡和他乡

一半在九霄高悬，一半在体内下沉

以我为虹，架起两个天堂之间的对话

神性和苦难，都在用闪电划开诗行

六

而生活另一面

充电器在一旁发呆，冷视着

天空的插座接通闪电

千里之外的故事情节在虚拟地迂回

蜡烛照明了旧棉袄

荷尔蒙从功能抽走

在失眠中蚕食着夜的残渣

幻觉和你同剪西窗

当影子被高原冻住

寒冷，是生命的一次淬火

小屋在寒潮里安卧

雪花献出真实的脸孔

没有一次内分泌不自带凛冽

——凿冰取水，借灶做饭

牛羊肉冷藏在山洞

巴掌大的猪肉吃半年

门从窗户进出

分家，分出了撕裂、疼痛

孩子辍学，树叶嚼泡泡糖

人生的第一堂课程

学会了用白石灰抹伤口

牧歌嘹亮，通讯基本靠喊

冠心病、痛风

自由地支配着生前死后

虽说日日诵经

苦难继续爱的教育

玛吉阿米和仓央嘉措仍被慈悲遗忘

——藏梨花像雪，又一个春天

断肢上的血结出了痂

明月降临，缕缕精魂

不放过每一处郁结的肺腑

七

哦，我在无限地靠近

又怕未能真正地抵达

凌乱荒野里的灵魂图谱

交织着一颗牛羊的心

我的卑微是所有人的，葳蕤也是

洁白的哈达，为我端出酥油奶茶

沉甸甸的嘱托里

我是客，又是汉藏之和

唐蕃古道运送家国的重量

铁马冰河穿越血管和史诗

鹰隼不需要履历，而我不能

只有冷漠是贫穷的角落

和日渐荒废的家园

帐篷花开在孩子放学路上

幼儿园，仿佛一颗天上的小心脏

欢笑加上鸟鸣就是黎明

八

门开了，门的接纳

糌粑用细小的粉末安慰

脚下的黏土用黄金沉淀

张大人花，重新确认香殒的意义

亲人没有走远

我仍是故乡的鞋

当路窘迫于思路

小村便缱绻着贫穷的逻辑

草场是牛羊的，也是露珠的

没有牧民是天外来客

更没有凭空想象的天堂

沟壑造就沟壑

野花迂回于视野的峭壁

它的绚烂，与谁的散漫、穷愁

构成了彼岸时光

当我眺望

死亡率为死亡作注

规则注定被不规则消化

在这中间

哽咽，和寄托无以名状

九

鸟啄开高空

洗洁精洗着干净的日子

门前植菊，屋后栽柳

暖棚种满江南

陶公三径连接林卡锅庄

忘了冬天的人

不是因为忘了寒冷

易地搬迁、生态补贴、国家兜底

像一场场细雨

飘洒你的房前屋后

多少情丝，原来饱含汁液

每一块瓦片

分明被嵌入了爱的节奏

点滴时光从海拔的光影落下

月亮搬进了新居

能源提升大地上的雨水

电视塔、水塔追逐国家的云烟

随处可见，雪域愚公

在蔚蓝的湖间

用安全帽和青稞饼面

将苹果扣在啤酒杯上

苦乐的滋味与苍蝇、蚂蚁分享

十

我得到的比给予的更多

每一朵雪花都刻着你的名字

世界屋脊的瓦片

像闪亮的鳞游在幸福里

阒寂之时，方言嗓子里打嗝

黑夜用琴弦虚拟生活

天际线吸纳水源和月光

渡口，倾其一生，守望边界

又是圆月，所有的残缺都已被修补

生命，就是无法计数的爱又回到一

十一

人在哪儿，根即在哪里

移动的树

也能扎出冰川纪另一片星空

枯枝，为了明天的树林更加葱郁

纵使缄默如树皮

新鲜果实也要送到饥饿者手中

一层层脱发，如同吹向雪域的叶片

因为曾经有所依托

栖息着啾鸣和世代的巢窠

十二

天空高于一切

落日轮回的预兆

青铜的光在原野飘忽

积雪并不为流逝而存在

纵使一半结冰，一半日暮途穷

我也要沉思永恒的时间性，以及

乡村振兴所带来的历史回声

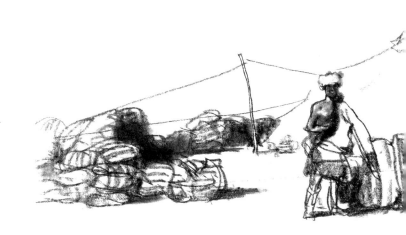

这是青藏高原的再一次崛起

特提斯古海抬高浩荡苦旅

无处不在的鞭子燃烧火焰

最高的飞翔献给彩虹，星月同天

海岸线将所有的雄浑、深远、蔚蓝加在一起

把高原的根部、露珠、魂魄连在一起

我所看见的，皆为可以凭依的家园

古老民族的呐喊激荡远方的云彩

光的谱系

2019 年 9 月 21 日，八宿县林卡乡叶巴村 75 户贫困户整体
搬迁至县城西巴村。

一

风吹向故土雪水旧居

无法将一切带来又带走

这微霜、这彤云意绪

这早起的草是中年之书

乡邻如同抽走的偏旁

虫鸣月光，是萧瑟的减法

落单的小鸟辨认亲疏

蜘蛛用结网确认记忆

漏雨的瓦片紧咬岁月的裂隙

搬家，搬不走的鸟巢、聒噪

最重要的物件，要打包、装箱

不能落下的幸福

多少年后

炊烟和岁月摒弃了轻浮

叶巴村放任了废墟般的力量

断壁残垣，再也不用听人间絮语

布果雪山演绎着归隐的美学

但有些东西不会真的消失

它趁我不在的时候

人间失去的

鹰，正从天空找回

二

逆流而上

惊诧于浪花飞溅的激情

每一次潮涌化作无数星沫

这水中的庭院

分开若干交错的小径

如同闪电惊痛乡村的神经

置雷鸣于世间清浊之上

茶马古道接通

峭壁的冷峻

只有石头像感叹号拒绝着移动

当越来越远的沉默

刻画离开的脸庞

纵情的皱纹里有几许缱绻、迷幻

怒江流湍入肠

回荡着温柔的眼神

记住我们曾经冲撞的青春

它拐弯的地方，无数弧形的灵魂

也在此拐弯

涛声回答着命运的提问

我注定在贫瘠中出走

在恍惚中将余生轻描淡写

大山的块垒

色巴贡拉山口缄默着一段悬置的历史

转眼，雨雪多情

为我拼写人生的笔画

车轮打滑于无力的刹车片

上坡不知下坡

上半生眺望下半生的事

一条山路在母亲的泪花里蜿蜒

三

平面和立体重新结构生活

从敞开的庭院到平地高楼

从泥土到钢筋水泥

我要重新研究潜藏在物象里的

性格地理学

一群世代蛰居的

单向度的人

如何梦幻般脱去贫穷、封闭

成为城市新人？

当我追问——

瀑布从时代的叶脉纵身而下

以细小的反光将彩虹抓取

即使粉身碎骨也要重拾信念

借巉岩峻岭唱出清澈歌谣

我无法不感恩这涌泉的力量

并因为这爱

深知眼泪缘于雪水丰盈

四

回眸，回不到酥油灯深处

乡音乡愁掠过老屋的余影

新居，带来了新的潮汐

新的落叶扑向玻璃幕墙

生活并非一味地哭泣

或欢天喜地遍野青稞

或捉襟见肘于西巴沟的逼仄

嘴唇抿向未来

转身能否转型

民生的链条于市场中破题

冷曲河在汇率里汇入怒江

爱的水位被月色带向苍茫

什么时候石头也能游向彼岸

这需要良知、修炼

与梦想的翅膀

或者叫啄木鸟啄开河床

啄出满天星斗和漫山黎明

让每一滴水折射太阳的光谱

五.

搬家，搬至心灵深处

新月如茧

在交集中落下的一天

是梦寐的一天

鹰眼旋转天空

盘剥着栖居的本质与表象

燧火古老，霓虹灯

符号刺眼、意义褴褛

总在深夜占领不眠的空间

浸淫蒙娜丽莎的笑

走在晨光的广场

广告牌为新街创造疲惫

村头的格桑，虽说满脸堆笑

一声扎西德勒，透支黎明的红眼

六

是非、黑白，这两难之境

肤浅的两分法

切割着思维

和山脊的绚烂与多样性

七

静谧是光和拯救

萤火虫，是孩子的视野

在岩石上打捞月光

以看见，星星书写祖先记忆的公文

飞翔的家，唱着露水的音符

易地安置的灵魂需要心电图

更需要冥夜的版图和精神星空

旷野诗意，苍凉透迤

故土的风，吹着新居

一直吹，吹向鸿蒙的未来

与妻书

一

在高处，所得的月光更多
却无一缕送你
请原谅，这白银的皎洁
由风雪炼制，让你承受凋零

在高处，思念靠月光救赎
月亮只有天空一个家
你依傍着
为我漫游的影子所伤

二

西风起了，高原白了
一夜间，思念的萧瑟闪着寒露
枝干光秃，血管不需要叶子来证明自己
我的愁疾用不着遮蔽

作别，无数难以分拣的散笺

没有一棵树俯下身来

挺立的骨头连接远方

而落叶飘来了游子

像沉默的大多数

容忍着永不相见的两面

既不选择离开又不选择留下

隐忍的锋刃在岁月里枯卷

三

窗外不停变幻着雨水

分开的光线

仿佛在滑向另外的事物

没有什么能让一切再来一遍

并让生活重新辨认雨点的方向

此时，爱和痛

像千里之外咬血的嘴唇

婚纱屏住呼吸

一个为诗歌牵着头颅的男人

被并不诗意的领带揪住了心

转眼，初生的儿子在襁褓啼哭

可怜的奶嘴独对虚空

他还太小，不知道什么叫远行

但我们一样被渺小安慰

贴着他，像一枚梦幻的纽扣

帮我们穿上记忆中的暖红

无论如何，风轻云淡

父爱不懂细节

针线在最需要暖的时候

缝了一场雪

补丁，无法弥补的肚兜

无休止地缱绻、悔恨

悲痛的蓝，早晨吁请黄昏宽恕

仿佛骨肉里爱情的炼金术

熔化了海角天涯，你说：

"放心，我们的孩子

我照顾好，白云上的孩子

你轻轻擦去忧伤……"

四

噢，我一直不知道有另外的旅车
另外的颠簸。在那里
甚或到老，我用掉了一位女子
一生的光阴
和需要三十四省市版图来安慰的心

哦，我终于知道
生活并非想象
一边是儿女背着书包
一边是滚烫的留言
两条平行线通往远方
而我不在其中
像一条分叉的铁轨
在无限地靠近你中
扑向了永远不知未来的高地

泪光和颤栗，注定陪伴着余生
小草埋没来时的小径。如今
这家的门槛
像一座山分割着阴阳昏晓
走过的同一道路，沿着不同的尽头
仿佛不到苍穹边际不知回头是岸

只有落单的雏鹰获得了另外的知识
只有岁月借助那嘴唇——
　"你看，儿子又长高了
他的年龄，恰是你在藏的年轮。"

五

这夜莺的倾诉
借倾听者的内心敲出笨拙的音符

当乐曲左倾，太阳西斜

爱的课程刚刚备完一半

并非为了挣脱被锁的命运

而是你的嘱托

需要月亮作为偏旁

从此，冥冥之中自有安排

舍家进藏，分飞各天涯

残缺之美，维纳斯的断臂留在了布达拉

六

啊，风把我吹向世界之巅

生活，则冲向事件深处

但那时，只是想一双手捧来星辰

尚不明白高处的汹涌、和它

无边、沉缓的心

一切都要重新开始

我跌回到自己结构的深渊

天空洁净、高远

内心却布满锈迹

阳光晃荡，闪闪的刀片

切割着我，以及陌生的城市

想飞的肉体，和灵魂

再次出现争吵

经幡与卓玛，诱惑与宗教

欲是爱的分泌物……

有你在身边

至少可以握手、拥抱

从对方的呼吸里

取回丢失已久的暖意

让黄昏响亮，骨骼变得年轻

如今，我只能从留有你长发的床单上

想象你的体温，以及雅鲁藏布

像蛇一样滑着鳞片的波浪

呢喃声又注入嘴唇

身姿远去了，爱情并没有消逝

直到奔赴天边，都在你肌肤的边疆

窒息的山河容忍着一次次心碎

七

在所有的命运中

我感恩和你相遇

虽然转眼被高山大川所隔

在所有煎熬中

我感恩相知的煎熬

纵使天空缺了一角

爱仍在彼此心间

在所有的回忆中

我感恩走向人生胜境的回忆

仿佛一只燕子，把家安在天上

带着流云、风暴、天湖的倒影

和暗示，越来越轻

不曾飞进晏元献①的婉约小令

却飞进了我的诗行，来到体内栖息

将分离当作拥抱

八

因为你的牵引

折翅的风筝被赋予了飞翔的意义

即使等来雪山白头

谷粒一样的少年，仍在梦中

用一缕缕斜向故土的温存

---

①即晏殊，宋代著名婉约派词人，被称为
　"北宋倚声家之初祖"。

因为你抛向红尘的光环

一生的蜡烛

只为你流出光阴的滋味

即使香殒，也要用

一道道远去的光锻造哭泣的美人

因为你撕开我的闪电

一片羽毛越飞越高

从此，雪域是碧海的帆

雪花在浪花里浮沉

西去东归，永远在你的航线上

我递给你的清单

像北斗七星，用金勺开销岁月

九

当我回眸

你绰约在芙蓉峰的窈窕

明月如水，流不到西子湖

今夜，我与谁同眠

多少年了，夜

被露水所湿。远方近在眼前

缺氧被缺失代替

边境线画着同心圆

恍惚中，珠穆朗玛

有一把家的银钥

打开那皎洁、清莹、宁静的欢乐

以及天宇的魂魄

十

苦涩是时间的旷野

暮色沉入牛郎织女的暮年

看不见的银河水隔开了人间繁星

我曾经打开的心，再次合拢

群鸥起伏

把呼唤编成含混的音乐

对于人世的悲欢离合

它们不需要知道得更多

十一

爱是什么？耳鬓厮磨

还是牺牲取义？玻璃台板下

压了半生的旧照片没能给出答案

它避开了灰尘

但躲不过时光的击打

钟摆在白天黑夜间穿行

一只鸟滑过虚空

它是否摸到过天堂的门？

存在就是被选择

我选择了你，即选择使徒、远方

仿佛这一生都在苍穹下，听——

水声无垠地与岸融合

温柔之物将那山脊轻轻锁住

只剩下你给我的香息

无任何花朵可以替代

你降临的弧线

整个天空呈现古海的蓝

只剩下蔚蓝色的肺腑

吹送鹰笛，保留着浪花，一遍遍重新开始

卷三
馈赠与汹涌

——竟此一生，与子偕老，我的脚下藏着你的路

仰望星空

夜幕降临

林中的栖鸟衔来宁静

既然高处，尚不能推迟你的消逝

这唯一的、黄金的消逝

请允许长庚，在浩瀚的幽冥入口

那些白日中隐没的无名珠

注定在某个黑暗时辰

任凭阳光下多少遮蔽

我凝视着，太空也是归隐的去处

朝思

玉宇，宁静的厅堂

钟声中一轮红日

神是偶然

家谱，是惊奇的时间

三叶草的岔路口

三个小精灵如生命的起点

月亮

又见到了你
或为你所见

温柔的光线预示傍晚来临
一次次眺望，穿越——
你的荣光，这霄汉与我有关
无休止的探求、宁静
因为你的凌驾之上，月光下
我的沉醉

上弦、下弦撩动心弦
明亮与否，由黑夜评判
我的瞳仁，升起了维纳斯
多少次，盈亏于心
在你的清辉玉臂
不再惧怕黎明的吻别
多少次，远远临近、颤栗靠近
在凝望的苍穹，在星座的庭院

游子吟

生如飞雪

如世界屋脊挥洒万顷星空

死如大洋西岸款款而度的一弯新月

雪山与彼岸（组诗）

丽江

从青藏高原蜿蜒而下
笑声，裹挟着群山的激情
须臾，触摸到你的边界
万念敛入一线

即使分出彼岸
两颗心汇成一隅

丽江，金沙
掉进思念，漫作星光

爱着的人多么卑微

看不清脸庞

而在灯火的岸边

为金为沙，古城四季

将风雨化为明净的炊烟

——岁月在此拐弯

稍作停留

即与老君山演绎不老的情话

把月亮锁进你的心窝

竟此一生，与子偕老

我的脚下藏着你的路

家，安放在浪花和你的眼眸之间

泸沽湖

不可救药

我爱上明镜般虚拟的表情

现实中，却难以找到

对应的潮红、眩晕

像上演的浪漫剧目

镜子又变深了

摩梭人，由局部到整体

在各自的岸边

打量爱情的距离、青春碎影

蝴蝶泉

一定有一道泉眼

让我倾注一生的深情

不然，蝴蝶怎会游在闪亮的粼里

同心圆锁我以温柔涟漪

我已不相信奇遇

却相信分泌的卵生动物

因为美丽而来

爱情的矿物质是它不竭的光源

银河

羊皮筏止泊的地方

渡口收拢了光线

星星的鱼群

向着深海似的幽蓝天际遨游

——要守住多少秘密、虚空

在漫长的冰川纪中站定

我在云帆鼓荡的远方

在无限的对峙中

温柔抚摸着虚拟的碧波

七夕·玉龙雪山

每一朵雪花刻上你的名字

雪花，便会说出你的所在

等来了相会的时间，又不能

只有以一息，收尽宇宙的叹息

永恒的情人云河间约会

将谷粒一样的星星收进歌里

偶尔，落下一声私语，我倾听着

雪花是正在天堂使用的语言

苦旅抬高后，玉石有飞翔的翅膀

但春天和你总是迟到

天堂被修改，也许走近就是亵渎

在蓝月谷，一米阳光弯曲、倾斜

玉龙第三国为凝视飘忽

波浪在甘海子迷失

传说，是消失的地平线

——这越来越小的大地之心

救赎，是结晶体的白

史前遗产，仍是今天最珍贵的礼物

十三座雪峰，心地纯良

像划破云层的手指

以孤介，指认爱情古老

无数次，对着通透的蓝双手合十

有些爱，抬头即见，像雪峰

但不可惊动——

就这样远远地，心存一脉高处

沉默是天意，也是呢喃

无数次，云触碰尘世

凄美的灯火里，远客归来

像一只白鹿，轻叩城市的门环

多少年了，天上仙，远离人间

被无声的潮汐问讯

被看不见的河水隔开两岸

仿佛河岸双星，为肌肤确立了内心法则

用更多的蓝，为你我接过剩下的光阴

西子湖

苏小小的油壁车一晃而过

有人跨上了小舟

事如遥梦，泪雨从前

西湖又重新安排它的烟波

春风无痕，传说

飘浮在亦真亦幻的笑靥

蝴蝶和塔，是一阵阵迷雾，是湖水中

供打捞的落寞与细语

白堤苏柳，西泠下的松柏

像一代代殉情者

仍有一个眼神

接近波浪想要表达的

浪漫海岸

诺亚方舟静卧诗歌殿堂

世界的余影绰约诗意之光

浪漫，更像是苦海的救赎

在经过漫漫长夜之后

将镌刻大湾区蓝海上

"山盟海誓"的美人痣

引向只有一个人绸缪的时光

海岸，已经承受不起浪涛饱胀的激情

也无法摆脱被虚构的热度

便叠韵成弧线

任由词语成倍地繁殖泡沫

推涌着晨昏，这腥甜味

是恋人亲吻留下的吗

这思维的深渊、妥协的红晕

因为追逐专一而疲惫的心

当我回眸，事物的边缘包围着沸腾的惯性

没有一朵浪花经得起凝视

我执，你又在何方？

也许如梦泡影，如幻之把握

还原爱的本质

又重构信念于汹涌的瞬息

——聚沙成塔

代表灵魂的海兽，必须驯服于想象力

我握紧的不是沙，而是溃败的沙漏

在大海的表盘上倾下昨夜的星子

镜子

一觉醒来，对着镜子凝视

虚拟的胜境

变幻尘世的发型

苍茫的夜色曾藏匿起所有的影像

现在一面镜子替下了

在秘密中深藏过的世界

和正在苏醒的我

活在镜子里，把自己放进对面的空间

一次歪曲，或者一生的深刻内视

看望牦牛

—— 赠吴雨初

天雨雪，大荒阴沉

风吹着经幡　　　　　　　　恍惚是去探望的老父亲

塔尔马是爱的草场　　　　　一路经过世代的言语、图腾的密码

　　　　　　　　　　　　　和远远山脊传来回声

哈达流淌着雪山净水

泪花在笑容上笑　　　　　　为生净守一份淡泊，为懦弱

　　　　　　　　　　　　　乞讨龙马精神

你说，牦牛有颗笨拙的心　　退即是进

你是追随阳光来的　　　　　时代疼痛，荒野咳嗽

试着换一种活法　　　　　　星芒在指尖上跳动

　　　　　　　　　　　　　也许你我这朵东海的浪花

　　　　　　　　　　　　　只有化身为雪域的羽毛

　　　　　　　　　　　　　才能置身绝顶

　　　　　　　　　　　　　安顿好肉身的家

　　　　　　　　　　　　　丁酉年八月廿二，改定于己亥年冬月十八

出发

一

雅鲁藏布

从泪水分泌而下

但雅鲁藏布只有一条

泪水却有两行

数不清的旋涡，数不清的石头

数不清的火焰分娩峡谷、高崖

纵然泪水断流

也是通往你的河流

纵然辨认让生活过于真实

思念的磷光依旧迷人

二

一路上

我已没有泪水用来哭泣

哦，儿子

就借用你的泪抽泣

或者让雅鲁藏布如深喉

让怒吼取代歌唱

你取代眼眶

三

大道苍凉

浪花曲折

我的儿

我今天要抵达大海

旅途恍惚

血脉绵长

我的儿

遥远的孤星取消了边界

印度洋太平洋皆在我心中

孤雁

彤云为光线留下一丝缝隙

那是一只孤雁在飞行

等它消失在远方，暮雪纷纷

最高的胸腔里有霹雳的回音

雁鸣里，苍穹涅槃

孤魂，翻卷着流云、箭矢、亲人的缱绻

冷月，像一道伤口

这飞翔的家

只有羽毛

检验翅膀写下的诗行

天空之上是我的葬礼

晨兴

天地共用一山云一张琴
拉萨河像睡梦中醒来的马群

柳自绿花垂
一生的光阴有白发几缕
过往的雨水没能让它变黑

街坊如昨，大雨远去
早点摊，河滩尽收眼底
一个为了生活，一个为了休闲
所以馒头有味、人生有岸、苦水无形
理解着肠胃和援藏的清欢

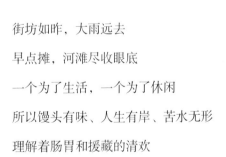

溅泼的水花开在藏羚羊上

一早醒来
高原如岛屿

大雨，耳膜，鼓点
流水人生裹挟着窒息的河床
寒波浊泪，溅泼的水花开在藏羚羊上

云创造了雨，雨创造虹
词语，又创造谁？

转眼，雪山顶银色金轮
驶过千年回望
仿佛一切不曾发生

——所有经过的云影
都将落下雨滴，当你远去
鹰，品尝了初雪的滋味
沉淀湛蓝的湖泊

冬宰

我的亲人

我的畜生

一声哀鸣使高原空旷

我的亮闪闪的藏刀

我的归还

我的默不作声的扎西

我的带血的神明和骨头

十二个星座在心头闪耀

帐篷下，高原是一头惶恐的兽

对影

心走近了，肩膀却靠得更远

我理解着孤灯下的余影

天涯，莫非为了同一支点

——缱绻叹息至于虚无

倘若熄灭终为一体

但令长夜漫漫

冰冷的脚趾里，高原似高烧的额

石人

臭鳜鱼，白米饭，青稞酒

黄昏，拉萨河引领灯火

流水远去，是故乡的肠胃

自逐于西藏山水间

人如石化，为心肠梳理故乡的肠胃

隔天海而望

蛮荒石人吞咽大地雨水

冬至

在最高的高原，莫上高处
最远的天边，莫上云端

流年尽，冰雪相衔，云海相挽
枯枝，虽死犹生
经幡将飞鸟羁绊

一个太阳有无数光影相伴
白象似的群山走着过客
天地如火烛
到处是和光同尘，流水嘀嗒

仿佛托体于西藏的山水间
已无亲人、思念……

只有秃鹫高高举在天上
代替了亲吻，拥抱，纸灰或祭祀
只有活人继续活着，而死者
不缺银两，他们只需要
来看你时，你在

元宵

糖被关进去。另外的
是什么被驱逐了出来？
城市之门垂下
我再次与世界擦肩而过
一个旁观者眼中的
巨大烟花，要我用眼泪安置

月亮出来了，又圆又大
有人从今晚的餐桌上走失
据说迷途知返者
正是那不知家在何处的人
我感恩高速路进退都驶向内心
犹如星球扑进一颗露珠

端午

长天如流

高原涌起

雪山，诗歌粽子

青藏，一袭青衫，走在天问路上

中秋

一年中最圆的月亮

又有一些人

被秋风拆散、变老

那不肯熄灭的

是固执的忧伤

谁唱起了故土的歌谣

其实我属于庞大的祖国

这山河，哪里不是家

多少年来，祖先如白驹过隙

我独用思念重复

幸福远，爱情高

从琐碎稻谷到青稞金黄

今夜，雪山走马

一缕月光是我们共同的语言

多么美好的时光

多么美好的时光

想象枕进你的臂弯

一如婺江在某处转弯，水面上

垂下琥珀的睡莲

当我醒来，船划开的波浪已消失

仿佛什么也没有发生

仿佛两年太短，还不够让什么发生

金华的秋天甲虫在飞舞，在空中

划出复杂的曲线

它们给远行者提出问题，却不给答案

我也会在偶尔想起你时

作长久的停顿，仿佛

一次眺望，可以尽收你走过的空旷

只有柔软值得信任

牙齿脱落了，舌头仍在
只有柔软值得信任

大地沉默
舌头却仍在弄舌
溃败的牙床
难以吐出凌厉俊逸的词

无以依傍
言语被唾液送回心脏
真理在肠胃打磨爱的磷光
颅腔做思想的花冢

我在舌尖上咀嚼这日子
高原余生该如何被亲人认领
只有柔软值得信任
发白的舌苔像下了一生的雪花
冰床上，诗歌是救赎的东方玉龙

寂静之下

一

散步，又一次
做自己的搬运者，制造道路
和黄昏，接续满天星斗

我迷路了
在松针举起的灯盏里
闯入另一场误会

二

仿佛沿着一棵树弯曲的高度
我经历着自己的道路
到秋天，从它上面掉下的
都会在心中落户

数不清的树叶闪着红嘴唇

说出秘密、忧伤

多少青春、泪水

都已仅仅是哗哗的声响

每当它静下来

天宁会变得广大，蓝得出奇

我常常在星空间仰望

希望一觉醒来一切都已过去

希望一片叶子落下欢乐的黄金

希望爬上去就到了远方

三

而脚印，一直在低处

视而不见，充满暗示

左倾，右倾

中间的差距，用时光修正

它是我脚掌大的故乡

世上的最后据点

抗拒命运的追捕时

无法藏匿的行踪

这么多年

它伴随着微尘的重量

匍匐向天边

将天堂作为下一站的假设

四

也许，门槛

漠视过回家

在自己的低处和高处

内外都是谜团，中间

是抬高的鞋子

习惯性地踩踏如同信仰

辨认它的光阴也会眼花

它仿佛藏着被绊倒的秘密

进出的人用哑语交换

有时踮起脚尖

在它的暗示里盲目张望

最后，敲门声仿佛在敲

已被打磨掉了的听觉

五.

一天的斜坡

楼梯，拾级而上

在某个逻辑结构自己

一块，维系着

和另一块的关系

以及把自己放平的时间

六

当我转身把门关上

突然看见

门柄悬在虚空中

一个回家的人

一个将世界再次关闭的人

它的拐脚

嵌进门的一生

七

短信里梅花开烂

一夜之后，我的秘密将被谁瓦解

只有欲才是真正的隐者

它正襟危坐，直到脱下所有

灵魂里没有宝塔

就像誓言只存在于词语中

一旦用肉身交换，就是折磨

我总是在揉皱的床单上

回想起对你说过的话

去掉那些让人心慌的形容词、动词

然后，靠拮据的名词度日

八

比我富有的是

在隔壁厅堂念阿弥陀佛的母亲

她能把绰约女子穿成念珠，而我

只一颗，就足以耽误一生

九

我看见，天窗

渗着玫瑰金的四边形

月亮不辩自明

替谬误，供奉皎洁的脸庞

而大街上被遗弃的光线

是否值得

这个夜晚，一直在观察它

观察那光中的黑子？

上学路上

——给儿子在今

向学校飞去的风筝

停泊在字里行间

骨肉生花，凡手指触摸之处

天空呈现你小手的两端

霜降和春分，点缀节日的街道

如同一片叶子的两面

是非、毁誉共用一页纸

循着它，课堂之外的东西

有一种倔强借树开花

通往知识的枝蔓很多

但真理的树干只有一条

通往学校的路

灰扑扑的

但总有人留下新鲜脚印

多米诺骨牌

儿子在搭多米诺骨牌
在搭
我和他
与这世界的隐秘联系

近望不到远
后方看不见前方
正面始终站在背面

我是哪一块骨牌　　　仿佛每一步依偎都在和世界诀别
注定被一双小手派遣　仿佛我已没有多余的筹码
　　　　　　　　　　只有应声倒下的逻辑
　　　　　　　　　　而不问谁的安排

　　　　　　　　　　对于七岁的儿子
　　　　　　　　　　他的一次次尖叫
　　　　　　　　　　就像潮水冲毁宝塔
　　　　　　　　　　他的欢笑不懂我的泪水

苦楝

苦楝苦

但真正的苦

早已与沉默融为一体

芬芳，不仅仅是春天的事

花开花落，只是铺陈

倒卵状匙形花蕊

捍卫着苦难的源流

当我回眸

又过了多年

寒夜栖鸦，春天的子宫里

孕育着小熊星座

天台乌药①

"得于天台者，最懂济世……"

——世间玄机如星辰的光

读懂一棵树，无异于明了天象

和一棵树背后躲藏的精灵

我苦于我拯救

黑暗之果理解光明

太多的秘密在磨难，和爱情中

僧侣般的生活同样有花期

---

①天台乌药，又称"长生不老药"，具散寒、
补中、顺气、开郁之功效，它对人体的
五脏六腑都有调理作用，乃保健养生之
上品。

"得于天台者，认世间为故乡——"

柔软人间，怎可没有贫病者的幸福？

在秋天，落叶卷走游子

隐忍的树捧来修持者的果实

深扎，根深蒂固于远山、典籍和时间中

不放过每一处郁结的肺腑

一缕缕精魂走遍神州

柏树

没有什么青可以代替

柏树的青

没人知道它和冬天的契约

侧柏并不侧向一边

扁柏也不是扁的

苦柏的苦味，往往

夹杂在香柏的香气里

不知道它的根怎样生活

只能想象里面也亮着灯

宛如谱系树

在不断分叉，像某种分歧

又统一于挺拔的固执

它被喻为长寿、风尚、高洁

但在古罗马

它们集体运送过死亡

彩虹

长时间地凝视看到了什么
当天空有所表达，虹
在那里出现
并重新描摹可能性的天堂
当童年的尖叫又一次惊醒
信念里的光和云影
被雨水拿去打了个比方

没有人真的爬了上去
我受困于弯曲的色彩
虹，说没就没
苍穹下
本来就只有幻影没有启示
那些在空中扎根的闪电
会通过雨水再次淋湿大地

你还好吗

你还好吗
这一吻，隔着口罩
让花瓣中的
恐慌远遁。缠绵眼神
忘情地
扑向某种轻

惊动了山雀
和一地春红
爱，本来就迷人又危险
这一次
又多了份提醒

梦

红嘴鸥泊进手心波浪
纤细的红脚趾上
一叶小舟顺从鼾声

柔软如乳花的縠纹里
抓不住的青春光影作伴
翅膀两岸，星在低吟

当我醒来
银河迷失了方向
指尖上凋零的光线

只有妻子的白裙子
试着把握命定的飞翔
在寒夜的光影里飘着雪

打吊针

我在打吊针

隔着玻璃

大街上的树也在打吊针

我想我们都是寒冷的

因为已是秋天

寒风吹着树干、枝条

而我冷，是因为正发着烧

我想整个高原都是安静的

因为

只能听到我们体内的滴答声

无人的夜晚

一棵树曾经去过哪里?

而我，已奔波了那么久，仿佛

只有打吊针的时候才会停下来

我倾听着从玻璃瓶

送到我们心中的滴答声

仿佛在把时间还给我们

仿佛在把泪水还给我们

病中吟

你是哼着小调的天使

带着吊瓶的眼神

我是疼痛

知道沉默或歌唱的针孔

在一个幻觉的世界

你是一极，我是另一极

你是我的白细胞　　　　不管内心的血管多么纤细

我是你的青霉素　　　　总有等着离去的人

　　　　　　　　　　　总有被水融化的盐

　　　　　　　　　　　静待着波塞冬[1]将沉船的幽灵带回

　　　　　　　　　　　路灯像药丸

　　　　　　　　　　　被无边的黑暗服用

----

[1]波塞冬是古希腊神话传说中的海神，奥林匹斯十二主神之一。

钥匙

鸟有打开天空的钥匙

我有打开心房的钥匙

我们都有钥匙

一把藏着自己痛苦的钥匙

经停

经停宜宾，你降落在

并非目的地的地方

刚刚相遇的人

有些永远消失在视线

有些像蚂蚁在月光下疾行

白云轻扬

转眼雷霆雨雪

人生的一半像喧闹的大厅，另一半

银光贴着虚幻前程

经停，一次旅途分两次抵达

下一站，也非终点

经停，无数姓名穿过一个地名

无数天空飞过受伤的白鸽

我似乎来过，但除了描述

一切皆可省略，除了

一座喧闹的大厅

我对它几乎一无所知

桃花吟

桃花从根柢飞出

能飞得更远吗，到哪儿算是抵达

所有的破茧开满艳丽血迹

唤醒内心的颤栗

谁的盲目，或为盛名遮蔽

为漫山遍野的泛滥

其中的花难作命运一瓣

谁的鼻息，任知觉荒芜

岁月的耳膜在遗弃中

鸣来——

黝黑、僵硬虬枝的横笛

春天吹在你唇上的音符

花和枝并成歌谱

需要谛听

更需要凝思

你凋零在我额上的体温

——粉红的幻影取走淡蓝忧郁

邂逅

顺从雨雪的安排　　　　　一次塌方

在大山选择小日子　　　　是加速度，抑或羁旅

　　　　　　　　　　　　留下的轰鸣

葱郁的斜坡

将境界携入云峰　　　　　——问道三一八

乡音白鹭，红爪落魄

谁，是谁的闲云野鹤？

雪松

你我相随

如雪松与它的倒影

但我的爱人不在水里

也不在，我经过的地方

思念的意绪

有秋水之流状

嵌入了松针

却照不见雪，和我孤寂的情韵

即使我不动

流水在体内又转了一年

我的伫立是对高天的回眸

移步的提醒，抑或岁月的挽留

流泪的海

——吊一郎

月下，渔村

我们端起酒杯

畅饮大海

为不能一饮而尽羞愧

不能飘离人间伤心

更为这没有骨头的大海

没有思想的泡沫

泪流满面

我们恍惚喝掉了

人世的

酸甜苦辣、穷愁潦倒

尔虞我诈

喝到了大海尽头

我们喝下的

无法用肠胃说出来

我们像两颗红眼的星

昏沉地望着潮汐与两岸

多少年了

心中的岛屿虽遥不可及

——酒杯

仍在鲸鱼的梦痕间

叮当作响

仿佛一个人的嘴唇并未离世

仿佛在我的胸口翻滚的

不是心脏

是流泪的海，是海的一片片嘴唇

是你的一朵朵浪花

戊戌年正月初二，改定于初五

梳子

梳子，有二十颗象牙

它教灵魂歌唱长发

梳子，梳理过鸟鸣和琴声的梳子

一千零一夜等候迷路的雪花

梳子，温柔的犁耙

幸福的秩序

你的身体犁开的岁月和波浪

梳子，无声的乐器

梳理过草原起伏的鬃毛

如今遗落在高地上

等候着

被放弃的人间，缺席的手

卖花的盲女

这一刻，西风送来浓香

盲女的叫卖声，让

城市打了个喷嚏

这么多年，我们在灯下穿针

却让事实

在街头，接过失身的生活

好色者深陷肉欲中

用假币换来了真花

玫瑰，从没打算拯救谁

它有为多数人准备的红

为个别人准备的刺

百合很贵，爱更无法标价

只有良心实在便宜

将一个个阴谋加速炮制

——盲女

纵然盲目的人生被眼窝紧锁

仍有更锋利的刀

刺破真相。也许这世界

需要一次更彻底的失明

用你的盲

洞穿密密麻麻的陷阱

电梯

短暂停顿的人
其实已把这辈子放了进去
在隐私里下沉，到一个负数的出口
或在正数里停下，开始另一截匆忙

有时我在不同的数字间
模棱两可。正数与负数似乎各得其所
又像是迫于安排。那被删掉的数字
可能就是我被忽视的命运

但更多的时候我陷入空洞
一台肉体的电梯，隐忍、紧锁
还要在局限中
学会接纳、宽恕……

一个人的高速路

昨夜，在世界的某个地方

现在逃了出来

在一个人的高速路上

试着用一段忘掉另一段

出口处把一直搂在怀中的纤影

甩动，用目的地的脚趾

将我蹬跺。我看见

岔路，像一棵树在空中形成的分枝

仿佛不是为了完成旅途

而是为了超越此生

前程恒定？我在加速的狂想中

受制于未知的线索和无限敞开的迷惑

只有你在后退

在远方，拖着行星呼啸

酒徒

酒渐渐浓如黄昏

酒闪着光

越过橘黄色的女郎

酒即使旁观，也会进入某个角色

落日像个酒徒

落日，青稞在内心设立的祭坛

这哀如雪原的床单

等待魔幻、哭泣

肉体的酥油里背影无数

酒，代替岁月燃烧

现代

爱被抛下后，躯体就从现实中

闪身而去

路标有些尴尬，仿佛

标出的不是路，而是某种错误

……从没有过真正的提示

和出口，只有越来越高的尖塔

越来越多的广告牌，而真正的生活

不在场

朝朝暮暮

司空见惯的日子

几乎不再温习

一个个日子装订的册页

孤枕，这不眠的日记

所记载的片断——

一座雪山在封冻中燃烧自己

多么希望一只小鸟

从庄周梦蝶的文字里飞出

叽叽喳喳，便是红日当午

多么希望

石头孵出归飞的大雁

嘎嘎嘎地叫着云雨的书笺

泅渡

挣扎着闪电

与远山绝望的彼岸

饥饿深不可测的入口

通向天堂的幻影

窗外

——给三哥陈邦杰

一早醒，暴雨倾

溅泼的水花落进泥土

以停止喧腾

西藏的雨，窗玻璃之外的雨

淋湿天空与记忆的雨

大山孤鸿东海余影

无疑是此刻发生的一件事

也斜向不复存在的昨日

丝丝缕缕，仿佛一根心弦在时间之外

在破碎的、流散的镜水迷宫

在一条河的童年

在童年魔幻的子夜

当奄奄一息的鲤鱼游进网兜

幸福的洪流高光我们受难时刻

……母亲回来了

美孚灯，像汪洋中的小船

雪的吟哦（一）

一

雪花

有一双温暖的羽翼

携带着小小的家园在飞

它一边开放一边凋零

一边飞翔一边坠落

我听到了

雪花在额头上的亲吻

荒草、树枝、坟茔上的栖息

以及骨头隐蔽的咳嗽，嚼着雪水的呼吸

仿佛有了雪

就有了不容质疑的

白和人间

二

雪在开花，大朵大朵的

在墙头上、蓬草上、屋顶上、枫树上

凡是能够着的地方，所有的

角角落落

雪在开花

它要给春天送去晶莹的花瓣

但一声轻响

有枯枝仿佛不是被折断

而是从家园庞大的睡眠中

醒了过来

三

雪啊，不要用柔弱的光使我目盲

爱的结晶休

请不要携带自身的锋刃

长时间的伫立

注定等来

一颗颗为爱而哭泣的星辰

一如白发错过黑发的年纪

纯净不为纯净感动

雪人不理喻真人的疼痛

四

雪下在祖母的咳嗽里

母亲纳鞋底

父亲未归

雪一下就是半壁江山

一下就是半生

醒来

游子如哽，亲人已眠

五

只是在雪花融化的时候

才想起岁月其实发生了很大变化

那些在门缝里探出来的小脑袋

是雪花的另一副脸孔

六

下雪了

天空在抖动

它抖落下那些雪花来

一朵又一朵，这洁白

使我羞愧

与雪花相比，我只会在白纸上

涂下黑色的字迹

下雪了

一句诗行，又一句诗行

来临，消逝

细小的声音在空中吟诵

让我忍不住

想问一问白雪公主的消息

还没有开口，天地间

突然变得悄无声息

诗歌是否能改变生命?

就像这些雪花

它们是否影响到了那些苍老的树枝?

雪花多么轻,多么善良

在大地上行走

不想踩坏任何东西

在雪中,我带着女儿行走

她的笑声像雪花在飘荡

我们还遇见了堆雪人的人

他正在使劲儿,把那么多柔软的雪花

堆进了一个僵硬、臃肿

怪模怪样的躯体

七

轻轻挥洒，只带走一个人影儿

静静地白，只留下一个魂魄

大地无声，雪花一朵朵绽放

人生有涯，雪人交换彼此的火焰

八

一朵雪花的凋殒

正是一场春天的绚烂

一匹马的坠落

正是一道悬崖的伤悲

援友啊——

我深爱西藏的群山，爱这人间雪花

在白云间挥洒

境界有多高

九

多少伤痛

于卑微的轻盈之下

多少伤痛

像为爱重新绽放的世界

一朵雪花茫茫雪原

苦难唱着信仰的颂歌

十

一朵雪花，轻盈地抚摸

犹如爱和自由

来过，白过，以擦肩而过的方式存在过

雪的吟哦（二）

一

一朵雪花

一个下午的凝视

二

梅红梨白

儿子用一曲钢琴弹出

我走过的每个早春

是词语的万花筒

三

绿芽嚼碎远山的残雪

吸附雪原茫茫的痼疾

而在城市的泽地

白茅在开，这传情的植物

找不到一朵雪花可以安放

四

故乡渐远

鸟雀有熟悉的乡音

雪封锁了所有的来路

风吹着

冻裂的忧伤

天空放晴

寒气中形同虚设的扶梯

都是可以容忍的虚空

五

虚拟地活着

在别人的眼眸里

藏起阴影和苦涩的泪花？

轻轻呻吟

让春天

取回丢失已久的暖意

——并非人人喜欢天堂

一朵雪花

不到最后

绝不把自己放平

六

谁不是小心翼翼地赶路

使用着

几乎可以忽略的肉身

谁不是用同一场雪

开出尘世的醉歌

纵毕生精血

难以承受一朵雪花的重量

七

儿子在造雪人，用的

不像是雪，像是一颗童心

那是手捧光芒的人

为我们捧出的眼泪

一个复活的世界是新的

也是雪人的，我们

倒像是来凑数的

它不走动，仿佛不值得为人生走动

再次回来——

那被白雪堆砌的人

像殉道者，在阳光的刀片下

一声一声喊着孩子

八

雪下了一夜，在钟表的嘀嗒中

有人冻死在白色的床单里

有人从护士的指尖上走失

隐秘的思想在咳嗽，在睡眠，与现实

一直不在同一个位置……

雪下了一夜，当世界被白色抓住

黑暗像玻璃杯里的药片，溶解

亮光进入不知名的病体

雪下了一夜，万物耷拉着眼皮

扫雪人像清晨的一个盲点

有个声音说：你走，虽然你

不知深浅，用的

也不是今生的第一行脚印

跋

雪域·太阳

——致艾青

"为什么我的眼里常含泪水？

因为我对这土地爱得深沉……"①

朦胧中，我看见一位诗歌巨擘

携黄河箫笛吹奏雪山黎明

爱是永恒的彼岸，如果没有这片土地

海与星光之曲，何以

用你的象形字模，勾勒出山河

领我踏歌云海，仰承

邃古莽原的使命

与东方诗国五星荟萃的汉唐之音

_____

①为艾青诗句。

鹰的天空，仅仅夜莺的追随是不够的

流星的序幕，烘托日月

天下奇寒，大地心疼自己的孩子

白雪的山脊呼喊热血

山神的祭坛原是先民的巢穴

目送饱含泪水的你：祖国啊，母亲

大堰河的雪乳化为司晨的铜号

——因为你，感恩的源泉

从血管流向岁月的曲谱

注入我的魂魄，奔马摇响铃铎

高原格桑与蹄火热吻

缰绳如羿射箭矢

心灵的洋底早涌动诗的地暖

祈请太阳再赐予一道光，为雪域诗章

人间几许幸福，词语白云之上

十二个星座在心头闪耀

帐篷下，高原是一头惶恐的兽

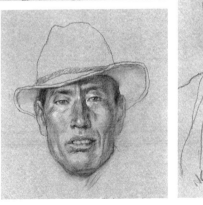

当一切被埋没之后

我于一滴水中

探究那改变了世界的力量

图书在版编目(CIP)数据

山海间 / 陈人杰著. — 拉萨 ：西藏人民出版社，
2021.9
ISBN 978-7-223-06843-7

Ⅰ. ①山… Ⅱ. ①陈… Ⅲ. ①诗集－中国－当代
Ⅳ. ①I227

中国版本图书馆CIP数据核字(2021)第113538号

山海间

作　　者　陈人杰
责任编辑　李海平
策　　划　唐朝晖
美术作品　韩书力
特邀编辑　郭爱婷
出版发行　西藏人民出版社
地　　址　拉萨市林廓北路20号
电　　话　0891－6826115
经　　销　新华书店
印　　刷　北京盛通印刷股份有限公司
版　　次　2021年9月第1版
印　　次　2021年9月第1次印刷
开　　本　880毫米×1230毫米　1/32
印　　张　6.5
字　　数　150千字
书　　号　ISBN 978-7-223-06843-7
定　　价　68.00元